U0501413

# 雪只是让树枝弯曲

韩润梅 著

长江出版传媒

长江文艺出版社

**韩润梅**

1968年生，山西省晋中市人，
中国作家协会会员，著有诗集《石头垒起的故乡》。

# "仿佛被抛入了一个新的世界"

## ——序韩润梅诗集《雪只是让树枝弯曲》

◎ 霍俊明

　　我还是第一次比较完整地阅读韩润梅的诗。她的这本诗集《雪只是让树枝弯曲》再一次验证了诗歌作为特殊记忆的重要功能。记忆首先指向了时间意识和存在的命题，流连光景、慨叹世事、追述命运与沉静自忖、自我盘诘在韩润梅的诗歌中成为精神底色。在不知不觉中，诗人重新找回甚至创设了一个精神性的新世界，自我、往昔和现实都携带了记忆、想象性以及修辞化的成分。由此，诗人也暂时逸出了现实生活的惯性轨迹而"仿佛被抛入了一个新的世界"。她得以在这个特殊的空间辨认自我、回溯过往、安身立命，得以一次次重返往昔的现场，得以在一个个时光的碎片中重塑完整的精神肖像。

## 1

　　诗人往往无力解答世界的诸多困惑，而更多是给出一个个疑问，"那天，我们徒步走了四十二里／我把一生的疑问和答案／都留在了／那条长长的峡谷中"（《徒步》）。韩润梅并不是外向型的写作者，也不是自我封闭的沉溺者，而是具有精敏、细腻地捕捉事物和细节的能力，具有突出的凝视状态、塑形能力以及调节情绪的控制力。由此文本中的缝隙、裂痕或孔洞就成了特殊的精神共时体隧道，诗人得以在不可逆的物理时间中一次次穿越、停滞、往返，得以在真实与空无、记忆与当下之间返观命运的来路、根底以及去处。这是重新激活记忆的精神能动性时刻，一匹记忆之马正在跋涉和重返时间之河的上游，"在一个诗人的诗里／常常读到马，那些马／总是与我的记忆之马重叠在一起／它们吃草，嘶鸣，低头／相互摩擦身体／／一驾马车拐进场院／载着庄稼／和田野的气息／我看着那些强壮的牲畜／因为用力，青筋裸露／／我无意征服它们／也不想战胜时间／只是借着一首诗歌／返回到童年的生活现场／我在寻找我自己"（《记忆之马》）。

我们知道一个人与自我争辩产生的恰恰是诗，而不是哲学或散文。诗最为直接而本源性地面向了自我渊薮，面向了时间的镜像以及命运的仪轨。在一个个瞬间以及一个个物象那里，诗人与其说是在与外物对话不如说是在面向自我恳切言说，其中免不了有迷惘、孤独以及矛盾。这是一个现在的我与诸多过去的我、熟悉的我、陌生的我以及分裂的我之间不停对视、摩擦和龃龉的过程。这也是时间法则和精神法则之间博弈的过程，是一次次个体的精神辩难的时刻，是一次次的类似于无声闪电的自审时刻。


　　　第一次觉得自己与自己

　　　真正分离，在我旧时的庭院里

　　　空空的一只蝉蜕，挂在记忆的树上

风一直吹着

它的背上有一道永不愈合的伤口

——《蝉蜕》

　　韩润梅是一个日常化的写作者，在一个个日常空间中，她尽可能地发现那些显得平常而又意外的意象、细节和场景，因此空间携带了体验和想象化的精神能量。这些物象也就与诗人的心理机制深度呼应起来，甚至其间不乏戏剧化的成分。韩润梅的赋形能力很强，她总能够借助日常、真切而又不乏心理势能和象征效果的意象和场景来呈现，在呈现与表现、具象与智性之间达成了比较有效的平衡，因此诗人没有成为滥情易感者。"说"与"不说"以及"多说"与"少说"对于一首诗而言是非常关键的。

　　诗集开篇的第一首诗《斑鸠》可以视为韩润梅写作的一个"元文本"，"把家建在法桐树上／树枝间是应有的虚空／它们从缝隙里／打量着不明显的脚印／汽车、落叶和尘世"。楼顶、法国梧桐在城市化的时代已经不再具备典型意义上的"诗性"，而恰恰是黄昏时分的几只斑鸠以及鸣叫强化了世事如流、居无常物。黄昏作为自然时间的过渡，因为光线和氛围的直接变化而导致观看者总是处于长时间地对它的凝视之中。质言之，黄昏总是成为诗人和哲学家的冥想时刻，"到最后，黄昏降临，声音一种接着一种归于沉静，和声变得颤颤巍巍像要散架，最终万籁俱寂。随着日落，所有鲜明的轮廓都消失了，风也止了，宁静如轻雾般升起，四处弥漫；整个世界都放松下来，安然入睡；在这儿一盏灯也没有，一片漆黑中，只透出弥散在树叶间的绿色"（弗吉尼亚·伍尔夫《到灯塔去》）。一声声的鸟鸣实则对应了物理时间和个体精神事件的互动，存在和虚无的命题在斑驳的梧桐叶深处的斑鸠那里得以揭示。这是罗伯特·潘·沃伦"世事沧桑话鸟鸣"般的空寂与自审，"被鸟儿唤醒／什么时候有这样细声细气的鸟儿／住在窗前／眼皮有一点点沉重／心有一丝颤动／／在韩润梅的一生中／发生了以上重要的事情／然后，世界归于沉寂"（《第一次听着鸟鸣声醒来》）。

以《斑鸠》这首诗为起点，我们会发现很多文本就有了互文的性质，它们彼此勾连，相互打开，揭开了一个人的精神光谱。比如"斑鸠"可以被置换为"乌鸦""蝉""法国梧桐""樱桃树""老虎""麦子""机器""坛子""杯子""空碗""蜜蜂""橘子""蚂蚁""麻雀"等等。值得注意的是诸多的树木意象反复出现在韩润梅的诗中，场景也可以转化为草地、庭院、厨房、磨坊、场院、树林、农田、旷野以及黄昏、夜晚等等。不变的则是诗人始终保持的深度凝视的状态，只有如此日常的时间之流才会被暂停或放大，只有如此事物以及即时性的感官体验才能转化为精神视域，只有如此日常和经验的表象才能转化和提升为精神现实和内在的生命化真实，"窗栏杆竭力使事物割裂／并符合它的规范／这棵法桐树却将自由的树梢／超过房顶并继续向上／雪，沉积在叶片上"（《一棵树的坚持》）。在此过程中，诗人对时间渊薮的深度叩访至为关键，尤其要具备个人化的现实想象力以及求真意志。我一直把"真"或"诗性正义"作为诗歌的第一要素。质言之，一个诗人不能在诗中说假话，不能扮演某一个角色。韩润梅往往能够在一个个日常物象那里找到精神切口，她的智性也深度参与到对"日常"或"反常"予以重新发现的过程之中。这也是精神还原的过程。比如《坛子》这首诗就非常具有代表性："一只坛子 / 空着 / 就那样一直空着 // 很久了 / 没有放过任何东西 / 总应该放点什么 // 整个晚上 / 在做饭的空当里 / 都在想这件事 // 随便放点什么吧 / 茶叶、盐巴、咸菜、醋—— / 生活中的，随便什么 // 作为一只坛子 / 一直空着 / 是没有道理的。"

## 2

世事无常，而每一个人都必须面对生与死的终极命题，而其间家族和亲人的精神肖像会随着时间流逝以及阅历的淬炼而愈加清晰，诗人也总会逆着时间的光线走向往昔的一个个场景。

这既是在回溯也是在求证，是试图挽回永远逝去的一个个瞬间，"它们躺在我们要走的路上 / 厚厚一层 / 有的已经干枯 / 风吹着，沙沙作响 / 我们踩上去 / 好像它们的尸体 / 抬高了我们的身体 / 我想起母亲 / 为我们做的最后一件事情"（《红叶》）。

父母是生命意识的复合体，他们无疑是一个人记忆中最为繁茂的那棵大树，上面布满了时光的擦痕，儿女可以在梦中或诗中再次倚靠他们休息一会儿。父母是一个人原初的记忆根系，是精神的安身立命之所，而他们也只能在诗歌中重生。韩润梅也不例外，在《磨面》《打碗花》《摘棉花》《深冬的傍晚》《光芒》《我妈妈把一碗饭送到父亲的遗像前》《如果我死了》《习字本》《意外》《礼物》《坟旁的柳树》《父亲在玉米田里居住》等诗中，母亲尤其是过世的父亲处于她长时间的深度凝视之中。在一个个细节和纹理的重新擦拭中，"命运""生死"也被一次次放大和唤醒。关于一个人与家族命运的关系，荣格曾经说："雕刻祖宗牌位时，我明白自己与先祖命运相关，这值得注意，我强烈感觉到父母、祖父母与其他祖先留下的那些未完成、未及解答的事物或者疑问影响着我，一个家族中好像常有业障从父母转到了子女身上。我总觉得命中注定在祖宗那里已经提出过的问题，我也得回答。"（《荣格自传：回忆·梦·思考》）

对于有着类似乡土经验的我而言，韩润梅笔下那些熟悉的场景让我有极其强烈的恍如昨日之感和分裂式的体验。这种恍惚与真切关乎我们的心理背景，关乎我们的记忆源头，关乎我们的生命起点，关乎我们的精神归宿。

由韩润梅笔下劳作的场景、农家生活以及"土地的黄昏"，我想到的最经典的画面是米勒的《晚祷》。两个农人夫妇已经劳累了一整天，时已黄昏，暮野四合。他们处于近景的逆光之中，一半身体处于黄昏最后的亮光之中，另一半身体则浸入模糊和黑暗的边界。画面的最远处是地平线以及一座教堂，教堂和夕阳正好处于同一个位置，它们一起承担了发光体的功能。教堂的晚钟敲响了，这是肃穆的黄昏，属于宗教的时间。男人放下手中的叉子，女人放下土豆筐。男人脱帽低头，女人双手紧握于胸前。他们开始了祈祷。他们身边是一个手推车，上面的袋子里是少得可怜的土豆。这是土地的黄昏，是农人疲倦而又肃穆的时刻，是黑夜即将覆盖土地的一刻，也是农民劳累的、穷苦的并不轻松的精神生活的缩影。对于不同阶层和不同历史时期的人们而言，时间具有不同的日常功能和精神意义。

我们可以一起看看韩润梅在《光芒》一诗中复现的乡下生活："又是一个黄昏／在挂了一盏灯泡的庭院里／围坐在一张桌子旁／我们在吃一盘烤土豆和稀饭／／天越来越暗／灯泡发出的光／只比萤火虫亮一点点／但它因此而骄傲／／我们好像对生活充满把握／好像时间永远不会流逝／我们为拥有一盘土豆／而心满意足／／月亮就在高高的树丫上／我们偶尔也会抬头望望它。屋后／水塘里的水，发出淡淡的腐败的味道／低着头，我们也会被水流动的声音吸引"。当年凡·高受米勒的影响一直想做一个农民，在油画《吃土豆的人》当中我们可以看到粗粝、朴拙的笔触下五个看起来面容和身体有些变形的农民围坐在简陋的木桌上，吃着土豆，喝着咖啡。这是一间低矮的农舍，外面是无尽的黑夜和寒冷。唯一的微弱的光源来自五个人头顶上的那盏灯……此时，时间和黑夜对于他们而言意味着饥饿的胃和贫穷的乡下生活。

在《磨面》这首诗中，韩润梅将正在一遍遍淘洗麦子和磨面的母亲置于记忆的聚光灯下："磨面前／母亲会将麦子淘洗三遍／第一遍洗掉麦子上的浮尘／然后用力搓洗／并拣出麦子里的沙粒／使麦子进一步澄明、洁净／第三遍，让麦子更多地吸入水分／更接近原初的样子／麦子洗好了，开始磨面／老旧的机器咣当咣当／像一列开不快的火车／传送带在那里转圈，发热／你要一遍一遍浇凉水／以使它不会烧焦，不会断裂／麦子被反复揉搓，碾磨／变成了雪白的面粉"。这也让我想起少年时跟随父亲去邻村磨面的情形，轰隆的巨响中一颗颗麦粒转换成了雪白的面粉，那是近乎永恒静止的乡村记忆。韩润梅对母亲、麦子、机器和面粉的凝视和胶片般的"回放"必然让我们想到一个类似的精神时刻，正如当年的海德格尔凝视凡·高笔下泥泞、破败、疲倦的农鞋一样。这是存在意识之下时间和记忆对物的凝视，这是精神能动的时刻，是生命和终极之物在器具上的呈现、还原和复活，"鞋具磨损的内部那黑洞洞的敞口，凝聚着劳动步履的艰辛。这硬邦邦、沉甸甸的破旧农鞋里，聚积着那寒风陡峭中迈动在一望无际的永远单调的田垄上的步履的坚韧和滞缓。鞋子上粘着湿润而肥沃的泥土。暮色降临，这双鞋在田野小径上踽踽而行。在这鞋具里，回响着大地无声的召唤，显示着大地对成熟谷物的宁静馈赠，表征着大地在冬闲的荒芜田野里朦胧的冬眠。这器具浸透着对面包的稳靠性的无怨无艾的焦虑，以及那战胜了贫困的无言的喜悦，隐含着分娩阵痛时的哆嗦，死亡逼近时的战栗。这器具属于大地，它在农妇的世界里得到保存。正是由于这种保存的归属关系，器具本身才得以出现而得以自持。"（《艺术作品的本源》）通过诗人近乎镜头般的捕捉，我们最终将目光停在细节和场景之上，这些面孔、景物、空间就具有了此时此地与彼时彼地之间的互动和往返功能。这也是记忆表情的映照时刻。

乡土伦理中的"父亲"形象往往是与土地和劳作重叠在一起的，"站在开满打碗花的空地上／仿佛又看见父亲在弯腰翻地／无数次翻动重叠在一起／时间正沿着自己／往回走，时间深处的我／站在我对面／手里的碗还没有裂开"（《打碗花》）。曾经是一个个"父亲"支撑着这片土地，他们是故乡的灵魂，是维系大地根系、乡土伦理、家族血缘、生活秩序的命运链条。在乡土伦理和大地共同体延续和发挥效力的时代，"父亲"的形象往往具备强大的影响力和寓言指向，他们总是与土地以及家族命运黏着在一起。西默斯·希尼以超级细写的方式将"父亲"延续了二十多年的挖掘的动作、细节和场景展现在读者面前："窗下，响起清脆刺耳的声音／铁锹正深深切入多石的土地：／我的父亲在挖掘。我往窗下看去／／看到他紧绷的臀部在苗圃间／低低弯下，又直起，二十年以来／这起伏的节奏穿过马铃薯垄／他曾在那儿挖掘。／／粗糙的长筒靴稳踏在铁锹上，长柄／紧贴着膝盖内侧结实地撬动。／他根除高高的株干，雪亮的锹边深深插入土中／我们捡拾他撒出的新薯，／爱它们在手中又凉又硬。"（《挖掘》）如今，包括"父亲"在内的这些记忆更多存于闲置之物、废墟和幻象之中。在世界性的工业大潮和现代性时间的景观面前，"精于使用铁锹"的"父亲"（农民）从大地上消失了，正如韩润梅笔下的"空碗"以及疲惫的父亲形象一样，"他总是扛着一把铁锹／／播种前／他会深翻土地／弯下去的腰／

常常与土地平行 // 他用铁锹豁开一个口子 / 让水从水渠 / 流进麦地 // 有时,铁锹是一把镰刀 / 铲去野草 / 有时是斧子 / 铲掉树上的旁枝 // 父亲用铁锹填补过路上的坑洼 / 每天用铁锹挑回要烧的柴火 // 最后一次用铁锹 / 他帮自己 / 挖出了一个墓穴"(《父亲的铁锹》)。

这是带有最后性质的土地的黄昏,是无比静穆、朴素、疲惫、淹没的时刻……

诗人带给我们的是一个熟悉而又陌生的世界,更确切地说,在语言的隧道中"我们仿佛被抛入了一个新的世界"。

2022 年 6 月

霍俊明,河北丰润人,诗人、批评家、研究员。现任《诗刊》社副主编。著有《转世的桃花:陈超评传》《雷平阳词典》《于坚论》"传论三部曲",译注《笠翁对韵》,此外有诗学专著、诗集、散文集、批评随笔等二十余部。曾获国家哲学社会科学优秀成果奖、第十五届北京市哲学社会科学优秀成果奖、第十三届河北省政府文艺振兴奖、第六届中国文艺评论年度优秀长篇论文奖等。

# 目　录

### 辑三　杏树下

辑 一

# 雪花的存在

# 斑　鸠

黄昏，它们落在楼顶上
一动不动
像迟暮的老人
只是偶尔弓着身子
走上几步

家在高高的法桐树上
法桐的叶子密密麻麻
只有冬天
才会变得稀疏

把家建在法桐树上
树枝间是应有的虚空
它们从缝隙里
打量着不明显的脚印
汽车、落叶和尘世

在楼顶的边沿上蹲着
两三个陷入沉思的老者——
那些法桐为什么要被锯掉
存在的怎样变为无

两三只斑鸠，蹲在楼顶上
它们的鸣叫
与矮树枝上的麻雀呼应
习惯把尾音说得很重
像是在宣布一件重要的事情

# 记忆之马

在一个诗人的诗里
常常读到马，那些马儿
总是与我的记忆之马重叠在一起
它们吃草，嘶鸣，低头
相互摩擦身体

一驾马车拐进场院
载着庄稼
和田野的气息
我看着那些强壮的牲畜
因为用力，青筋裸露

我无意征服它们
也不想战胜时间
只是借着一首诗歌
返回到童年的生活现场
我在寻找我自己

# 雪　天

雪下了一夜
厚厚的雪遮住了空地
也遮住了鸡们刨食的领地

清晨，它们从鸡窝跑出来
不知道该跑向哪里
仿佛被抛入了一个新的世界

它们不知道发生了什么
也不知道怎样解决
我扫开记忆中的一块雪地，轻轻呼唤

像平时一样
争抢食物
它们不会长久记忆，也不会悲伤

# 雪花的存在

被扬起
又落下，有时是
落下了，又被扬起
我们都是被抛入这个世界的

她们落下
下落便是她们的一生
死亡也是

不断寻找并释放自己
每一次的绽出
都会使自己变小一点
直至消融
她们完全释放了自己

# 旅 行

公路修到这里

就没有了，为我们留下一个未知数

而我们坐在车上

即使下车，也不敢走得太远

我们惧怕不确定性

却被它的神秘吸引

望远镜里棕熊偶尔露出脊背

又隐进树丛

驼鹿的鹿角像一张地图

它来回动

让我们无法查阅

我们是来寻找一些原始的

未被打磨过的事物

古老的树林、河流、山谷

向远处延展

又向我们聚拢

我们掉转车头

朝一片开阔地驶去

绿色植被将这里覆盖

原始的寂静像一首诗

# 九曲花街

这么多弯道

如果不在两边种上花

人走在上面是多么心焦

一条漫长的山路

一件沉重的事物

让人觉得疲累

但有人在它的两边栽上花草、树木

盖上房屋

人们就把这里

当成了游玩的好地方

沉重暗淡的事物

需要明亮美好的事物来照亮

就像为稻草人安放了一颗心脏

汽车缓缓开到海边

行人走走停停，也会

依着花枝拍一张照片

# 蝉　蜕

已经很久了
安静地爬在树上
身体离开了
只留下一个空洞的姿势

它像是自己的母亲
又好像仅仅是一件衣裳
被脱在树上

天气转凉
喧嚣渐歇
自己从远处
传来的叫声也已停止
那叫声曾辽远而悠长

第一次觉得自己与自己
真正分离，在我旧时的庭院里
空空的一只蝉蜕，挂在记忆的树上
风一直吹着
它的背上有一道永不愈合的伤口

# 流水诗

我不在云彩上写诗
而在草叶上
不在草叶的叶面上
叶尖上，有一颗水珠
就要掉下来

我到云端走动
只为了感受它的辽阔
证明我的渺小

我只在乎小的、清亮的
如一滴露珠
刚好装下我的一生

# 山 中

一头扎进花蕊里的蜜蜂
因太过用力、专注
以至于没有听到
路过的风声。它那么勤奋
整座林子因它而震颤

除此以外，太静了
几乎听到了自己轻轻喘息
我累了
坐在一块石头上

在河流的拐弯处
在白云下
山谷的空旷，教育了我

# 雪　景

观看一个视频
白雪皑皑的大地上
除了冰雪什么也没有
足足有四分半钟
镜头由近逐渐推向远方
仿佛我的灵魂在行走
并被徐徐打开
随着镜头
我在上面漫游
看到了熟悉的雪景
也有的从未见过
震撼于它的辽阔、寒冷
孤寂而洁净
暗合于我的灵魂
而我苦苦思索的是未知的部分

# 一只坛子

一只坛子
空着
就那样一直空着

很久了
没有放过任何东西
总应该放点什么

整个晚上
在做饭的空当里
都在想这件事

随便放点什么吧
茶叶、盐巴、咸菜、醋——
生活中的，随便什么

作为一只坛子
一直空着
是没有道理的

# 大棱镜的黄昏

太阳正往下落

雾升腾着

大棱镜隐在雾中

松树的枝梢从雾中露出半个脸

像从虚空中伸出一只手臂

想要抓住什么

太阳继续往下坠

光线将我的影子越拉越长

并投放到雾上面，像思想

想要揭开雾的面纱

再过一刻钟

太阳会退到我们看不见的地方

黑夜将一切包裹

而思想还在行走

# 孤独的乌鸦

影子是孤单的
思想也是

他向前走着
在一块巨大的草坪上

走向一片树林
那里有更大的阴影

可以覆盖
可以混淆

使人觉得不那么孤独
思想像一块黑布

先是落在阴影里，随即"吖"
的一声，飞到树上

# 一棵树的坚持

皱巴巴
没有落下的叶子
透过窗玻璃
我总能看到它们
孤零零站在树上
窗栏杆已经生锈，把一棵树
切割成许多整齐的方块
它们是落叶乔木
冬天了
为什么它们的叶子不肯落下
窗栏杆竭力使事物割裂
并符合它的规范
这棵法桐树却将自由的树梢
超过房顶并继续向上
雪，沉积在叶片上

# 蚂　蚁

爬上一座山

要用很大力气

需要微风给以支持

不能否认

有的山，我们永远也攀登不上去

一次，我气喘吁吁

到了山顶

想要抒发一下

一览众山小的情怀

无意中低头

看到脚下的蚂蚁

爬来爬去，有一只

从一个小孔钻入地下

我想，这一定是它的家

我的油然而生的骄傲

忽然被另一种心绪替代

# 看 云

我曾静静地
观察一朵云的变化，它飘过来
又飘向远方
慢慢扩展，移动，消失
或者融合，形成新的

而此时
我正低头记一本账簿
那些数字，同时具有真实
和虚空两个维度

我每天静静地记账
计算和判断
却怎么也算不出
那些云朵
下一秒会怎样变化
它们那么自我、自在
不像这些数字
总是被我算得那么准确

每天我都把数字

规规矩矩填进窄窄的一栏

只有累了

才会望着天空

# 旁观者

忘了什么时候买的
很久了
它蹲在窗台的一角
和我对望着

是谁给它缝上了翘起的鼻子
乌黑的眼睛
大脑袋上小巧的耳朵
它憨态可掬
伸着四肢，保持不变的姿势

一只熊猫
它既不会吃竹子
也不会走动
只有人，有这样奇怪的想法
喜欢学习上帝
凭空创造出一些事物

一只用绒布、棉花、扣子
创造出来的熊猫
坐在窗台上

或者书桌上
它是一只熊猫，却不同于
竹林里的熊猫
在一户人家长久待着，却不参与
他们的生活，它静静地
观察，思考
介于存在和不存在之间

# 从早晨开始

早晨，太阳把窗户
轻轻推开
我在磨一碗豆浆
我把豆子洗好
安顿好早饭
开始给花浇水，我把每一片叶子
都洒上露水
让它们面带一天的微笑

新的一天
我计划从谈论一首诗歌开始
你点着香烟
红红的烟头在指缝间明灭
生活平庸得像一杯水
虽然人像茶叶一样
有蜷曲的个性，但我们总要将自己
赤裸裸地投入生活

诗歌是悬在生活边上的月亮
我们低头干活，累了
就会抬头仰望

# 雨下了一夜

雨下了一夜
大地上的一切在和雨交谈
直到清晨才结束

我一晚上做梦
梦见奶奶用瓮接雨
所有的器皿都放到房檐下

庄稼、树木
和泥土，充分吸收雨的意见
使自己的思想变得饱满

雨爱它们
不厌其烦地说着话
并深入深深的泥土

我们信任大自然，心平气和
接雨水
吃干净的粮食

# 院子里的杏树

我把第一颗杏子摘下来，举过头顶
我不吃
把它放在绿篱上
这是最先成熟的一枚杏子
红红的脸
泛着神的光泽
它属于神

再次摘下来的
给母亲送一些
给邻居分一些
也要给自己留一些
杏子用酸甜的味道充盈我
让我认识并记住什么是恩赐
一棵树上的杏子被渐渐摘完
足足有一筐
拣几个
个头大的，给看门的大爷
他是个孤苦的人
需要别人的关心和安慰

树梢上还有最后一颗

不摘了

就留给麻雀或者斑鸠吧

# 雨　后

雨后，树上的叶子
泛着洁净的光芒
我在开垦好的一块空地上
点种玉米
我要趁着土地潮湿
把剩下的种子
全部种进去
我不能做更多的事
我是一个农民
我要种下我
一年要吃的粮食，剩下的
给朋友分一些
给牲畜吃一些
接下来的日子，需要我
给它们拔除杂草
施足粪肥
一次又一次的雨水
让它们茁壮成长
我是一个农民
只能做这点分内之事
树上的叶子

不会自己发光
但雨水让它们
懂得蒙恩

# 虎年谈虎

它的背弓着
只要用力一扑
就会有很大的杀伤力
可它的前面
是画家笔下的虚空
他让它弓着的背
永远弓着

我见过的老虎
瘦成一张皮
紧紧贴在椅子上
有人坐在它的脊背上
它那么温顺

我还见过关在笼子里的老虎
它老在转圈
好像一直寻找出口
却怎么也找不到

在山林里独居的老虎
仰天长啸

那只真正的老虎，我从未见过
它在山头上，俯视着我们

# 橘　子

当我写它时
它才成为一只真正的橘子
而在此之前
仅仅是一枚水果
人们用它命名了一种颜色
在灯下泛着光
但还不能照亮别的
而这些
仅仅是直观所是的那物

当你剥开它
有几个弯月亮抱在一起
你不忍心
让它们分开
你只是看着，呆呆地
有那么几秒钟
好像好多个夜晚
并排在一起

你从呆滞中醒来
把酸甜的汁液送到嘴里

而它已经
不仅仅是一枚水果

# 万物无常而有序

我看到花骨朵

开成一朵明亮的花

我细心观察过它的苞芽

见证了它的枯萎

不经意间，花瓣落在地上

我想到时光流逝

但并没有多少悲伤

把花瓣捡起来

压进书本

也未必是一个好墓地

我也想到我自己

有一天，也会像花瓣一样

落在地上

被人安置在一处什么地方

一直在想，这一切

是谁在安排？

我凝视

一朵花开放又凋谢

紧接着又一朵花开了

# 寂静是一首诗

一只猫静静地

蹲在书桌旁的椅子上

像一个安静的词语

被安置在一首诗里。窗台上的花

有点萎蔫

她站起来给花浇水

太阳从花束的上方斜斜照在猫身上

另一部分

穿过花枝，洒落在书桌上

浇完水，她坐下来

继续写一首寂静的诗

大地静静地屏住了呼吸

只有时间嘀嗒嘀嗒自己走

# 一本书就要写完

我肯定还有什么要说的

我写到父亲

翻着一块空地

弯腰到与地面平行

我的母亲是一个胆小善良的人

斑鸠、喜鹊、乌鸦、麻雀

它们在树上鸣叫

我写我的悲伤、忧虑

和想要一直爱下去的心思

但我肯定有些想说而没有说出的

火车嘶鸣着进站

不久就要停下

我想让低低的说话声

落在纸上

让纸张一页一页合上

# 雪只是让树枝弯曲

雪只是让树枝弯曲
应该有一颗敬畏之心
臣服于某种力
雪越下越大
遮盖那些黑色，但它
并不想毁灭它们
只是表达、教导它们
要平等、虚心
然后用死亡证明这一切
化成水，消融于地下

# 倾　斜

厚厚地

铺了一层，银杏叶

还在一片一片

往下落，空中的鸽子

画了一个弧度，又飞向远方

它们倾斜的程度

和叶子相当

在这倾斜的尘世，我

努力寻找平衡

我让灵魂学习鸽子的飞翔

肉体学习坠落

像一片叶子

终将归于尘土

# 一　生

一个人走累了
坐下来休息
就像风停了，树叶
在树上静静蹲着

当他从阴影中起身
继续行走
有时有一个目的地，也有
的时候，并没有

仿佛行走，本身就充满意义
他在平原上，绕着一块麦田走
现在是沿着一条小溪
走向他向往的山里

一个人，总有一天会把自己走完
就像读一本书，读完了
就要合上
放回书架

我看见自己

彻夜走着，思考着，和经过的事物

——道别

沿途，落满叶子

## 我写诗，是为了遗忘

我写诗
我姐却不写
但我写了诗集
也会送她一本
她说，就拿那本写坏了扉页的吧

我写诗
坐在自己的孤独里
我姐每天在公园里散步、聊天

她跟我说
现在她很快乐
让我跟她一起
别老窝在家里写诗
我说我在诗歌里
也能散步
诗歌的空白处
也有一把露天的椅子
我写诗
故意与生活
拉开一定距离

我写诗,我姐却不写
经常想起
和姐姐谈论过的话题
有些会写成一首诗,有些
会渐渐遗忘

# 人生刚刚开始

我的行动还要再迟一些
我把计划定到六十岁
我有一个院子
不大
刚够一棵树生长
树枝垂下绿荫
我坐在斑驳的树影下
院子静静的
知了在树上鸣叫
我在树下思考
书页被风掀动
好像我的人生刚刚开始

秋天了
树叶落尽
我也要到南方去
看我的朋友
我的朋友在水边
日夜等我

冬天就快过去

天上的雪也要落完了

我要赶在这之前

回到我的故乡

## 不请自来的

需要打开窗户

请进一些新鲜空气

声音也会跟着进来

我把细细碎碎的麻雀声

放在碟子里

搁在书桌上

把幽怨的斑鸠声

倒进一只高脚杯

并摇晃了两三下

好了

那些破碎的声音——

汽车的刹车声、喇叭声

猛然驶过的轰鸣声

我已经没有精美器皿存放它们

就让它们驶过，消逝

但总会留下一些细小的不易察觉的伤痕

# 箱　子

买了三十二颗钉子
要打一只箱子
木板已经买好
也买了锯子

一只木箱
也可以用胶水粘成
但只有用尖锐的钉子
钉上，才更牢靠

打一只箱子
要用到三十二颗钉子
三十二颗钉子，从不同的位置
和方向，钉入

使散乱的事物
有了秩序
这是为爱
打造的一只箱子

箱子打好了

还要给它刷上油漆
清漆刷在里面
外面刷上上好的红漆

要使它
时刻保持光洁
保持住爱的本色
还要一直爱得真诚和热烈

好吧，一只箱子打好了
它用去三十二颗钉子
和十五块木板
以及半桶清漆和一桶红漆

爱就是由这些
絮絮叨叨的事物组成
钉子、木板
和油漆，组成了一只箱子

一只箱子
可以装书本
衣服和食物，这些东西
都是生活需要的

# 语　言

如果没有语言
我们不能让他人知道自己的心意
也不能自己在心里和自己说话

我想语言是一根拐杖
在人世间蹒跚着走路
我们需要拄着它
有时也递给需要它的人

在人世间行走多么孤独
只是偶尔我们也会词不达意
也会故意说一些反话
如果语言不能顺畅抵达
也许会变成一件锋利的武器

# 我的小马驹

我有一匹小马驹

是我用一张白纸剪的

我剪下它，并为它

勾勒活着的细节

当我画出它的黑眼睛

它头上的鬃毛就轻轻甩动起来

它在马槽里吃草

抬起头嘶鸣

打着响鼻

我想要一匹传说中的枣红马

有四只油亮的黑蹄子

它奔跑在草地上

草盖住它的黑蹄子

人就应该这样富于创造

想要什么

不是只在头脑里想一想

# 地狱之门

在斯坦福的一块空地上
有许多罗丹的雕塑
清晨的阳光打在一个扛着坛子的女人身上
也照在地狱之门上
也许顺着门缝，地狱里
也有了一丝阳光

罗丹是阴郁的
他将他的忧伤刻进作品
他雕刻的题材有但丁《神曲》
也有英法战争中加莱义民的故事
还有其他

他工作，勤奋工作
他一直打磨一件作品
却从来没有想过要完成它
地狱之门从来不能打开，也不能关闭

他让他的雕塑静止
保持着人类未完成的忧郁

# 红　叶

我们去看红叶
希望它们挂在树上，红红的
像一团团火焰
像树上结出的喷薄的力量

我们去得迟了
就像没有等到要来的人
遗憾地闭上了眼睛

它们躺在我们要走的路上
厚厚一层
有的已经干枯
风吹着，沙沙作响
我们踩上去
好像它们的尸体
抬高了我们的身体
我想起母亲
为我们做的最后一件事情

# 一只鸟来过

一只鸟扑棱棱的声音
为我打开了黄昏的一扇窗户
在此之前
我平静又忧伤
也许期待着什么
又觉得什么都不会发生

一只鸟侧身站在阳台的栏杆上
尾巴高高翘着
展示一个来访者的形象

它轻轻飞离
飞到我正站着的窗前
如此之近
我有点激动
我不是一只鸟
但我怎么知道它不是来看我的
我甚至不知道自己
为什么要激动

生活这么平淡——

偶然发生的

不需要提炼意义的

事物，是投下去的一枚小石子

# 影子与灯光

影子陪着一个人
它那么瘦削
薄薄地贴着地面
像身体溢出的灵魂
一个人孤单时
才会注意自己的影子
仿佛爱过的还可以再爱一遍
它一动不动
整个晚上没有说一句话
它陪着一个孤独的人——
灯光打在他的身上
微风吹乱他的头发
他看着影子
心里升起一股暖意——
旁边楼上的灯光渐次熄灭，只有一盏
一直亮着，照着
很晚了
像是专为他送来的
仅仅为了
让影子陪陪一个无家可归的人

# 听 雨

我把雨滴摘下来
挂在房檐下
听它滴答滴答
与钟表互相呼应
像两个孤独的人找到了知音

雨声稀疏，透明
包裹着黎明的寂静
这是今年的第一场雨
有人说时间沿着直线行驶
逝去的不会再来
我也向雨滴发问
什么和为什么

我在听雨
滴滴答答
有一滴，恰好滴在我心里
它的清凉，洁净
给了我一丝安慰

# 偶　遇

一只鸟站在我窗子的护栏上
这是没有发生过的事情
我莫名地有一丝丝感动
很难说这感动是被给予的
而不是来自内部
离我这么近
要不是有一层玻璃
我几乎可以摸摸它的羽毛
仿佛是一种补充
使僵硬了的
变得富有弹性（只能有所矫正）
我多么渴望
多一些这样的相遇——
一些神秘又单纯的事物
比如，一只狗在公园里
哒哒哒跑着，跟了我一路
婴儿车里
一个孩子没来由地冲我笑笑

# 思　念

每个人心里都住着一个诗人
在快乐、悲伤和思念的时候
只要切去中间一小部分平庸

小女孩穿着红色的对襟衣服
金丝线在她背上闪亮
蝴蝶结在头顶的辫子上
她在专心画一幅画
"妈妈就快摘到星星了"
但还差一条蓝线——
那好像是一首诗的诗眼

# 读一篇小说

作者写到，一个年老的收藏家
热情、爽朗、和善、仁慈，他的太太
小心、温柔、亲切，同样热情
他们把主人公迎进简陋的家
他写他洪亮的声音
站得笔挺的身躯
和伸出的想要握住的手

"你真是太好了……"
他要把珍藏六十年的藏品
展示给一个真正懂得的人
"在阿尔贝蒂娜和巴黎
都不会见到的
二十七套完整的"

就在主人公激动难抑
一篇小说可以有一个完满结局时
产生了一个裂缝
有一个转折
他写战争、死亡、贫困、失明
他让我们失望

跟着悲伤
当盲人拿出他的藏品——
"《大写图》,大师丢勒的
格勒的藏品印章
您再看《忧郁》
还有《基督受难》"
到《安提俄珀》时他迟疑了一下
这里需要有一个谎言来打消他的疑虑
他每天打开的是空的画夹
用手抚摸的是白纸和劣质印刷品
战争、无良商人以及无奈无知的妻女
能说什么呢?他的妻女

希望他快乐
也希望一家人不要饿死
孩子们能活着,长大
我们从这种希望中看到了绝望
也看到了绝望中留有一条缝隙
最后,主人公
一个收购藏品的商人
说他不虚此行

# 致卡佛

我还没有去过
安吉拉斯港，没有
拜访过卡佛

他戒了酒
苔丝把一条毯子
裹在他身上，爱情
像一片枫叶
有过子女和至死还在酗酒的父亲
母亲希望他给她买一栋房子
女儿有一个老男人，只剩下两袋燕麦片
她要他帮帮她

前妻在另一个地方
和别的男人在一起
人是多么无奈
像落在地上的叶子
卡佛问
"当我们谈论爱情时，我们
在谈论什么"

我去过加州和德州

还想去一下华盛顿州

去看看那个忧伤的诗人

留下的故居

和墓园

# 冬天的清晨

冬天的清晨
阳光刺眼
像清冷的思想

鸟儿在树枝间鸣叫
好像不是听见
而是看到

我捂上耳朵
只是为了静静地感受世界

一小片菜地
舒展荒凉的脊背
小冰块反射小光芒
小院子折射大千世界

人们都躲在屋子里
没有人出来溜达

# 等待春天

卡佳把苹果买回来
还有三品脱啤酒、牛肉和酥油
做面包的面
和其他食材也准备好了
地窖里的土豆和一小捆橄榄菜
还够吃一段时间
这是一个漫长而特殊的冬季
当风漫过山冈，河流等待解冻
人也需要到外面走一走
太阳隔着窗玻璃
照在身上
爬在窗台上的卡佳
看着两只鸟
在树枝上跳来跳去
发出自由的和鸣
她也想出去
呼吸新鲜空气，用扫帚
扫那些枯叶
和落雪

# 攀登的心

没有一颗向上攀登的心
到不了峰顶
思想像一缕轻飘飘的烟缕
向上飘动，飘散
另一种说法是它的中心
有一枚硬硬的核
年过半百，我
还在山脚，赤脚
向上攀登，我没有打算
停下，如果有一天
我累死在半山腰
希望无数攀登的人
中，有一个人
在经过我时，看到地面上
有一枚打磨过的小石子
他捡起它
抚摸它
虽然不是透亮的那种
但有一点点温度
像是被人彻夜握过

# 雁　群

秋天的气流托举着它们
命运像看不见的托盘
它们的翅膀和风
交互拍打着

偶尔，田野里
也会落下一根羽毛
那辽远的天籁之音
也会跟着落下来

每一次出发
它们都排成 V 字形的队伍
头雁累了，就飞到侧翼
旁边的雁主动迎上来

仿佛飞翔是它们的全部
它们也有悲伤
一只雁死去了，陪伴它的另外两只
会发出长长的悲鸣

并拍打着翅膀

努力追赶前面的雁群
它们靠相互追赶
赶走深深的孤独

# 与自己对饮

坐下来与自己对饮
已是黄昏
光线幽暗，却不急于打开灯
与自己对饮，就是要
掏出心和自己说话
让暗处发出亮光

倒一杯酒，与无中生出的有
一同举杯
另一个自己就坐在对面
她总是可怜我，心疼我
我允许她伸出手
摸摸我的头发，她说
活着，活着行了
我说：嗯
再举起一杯酒
再一饮而尽
三杯过后
我起身离开餐厅
有点摇晃
酒像一部车子

借着它

我穿过生活的缝隙

找到我自己

# 能去哪里

—— 致阿赫玛托娃

萨沙、依拉、阿林娜

从基辅、切尔尼戈夫、苏梅

出发，这里正要被灾难覆盖

从哈尔科夫和马里乌波尔

战车就在城外

还有坦克

他们不是去彼得堡上学

"我知悉一张张脸

怎样凋谢"。飞机

有的停在机场

有的飞在天上

通过规定好的通道或者无形的走廊

从时间中

截取一段时间

尤莉娅、沃瓦、安德烈

能去哪里

"苦难

怎样将粗粝的楔形文字，一页页刻上面颊"

# 一只猫被遗弃了

一只猫
主人不要它了
它的毛光滑、厚实
像裹着明亮的毯子

它是一只宠物
被百般宠爱
现在被遗弃了
遗弃在乌马河畔深深的河谷中

那里有散乱的石头
和垃圾
有野草摇着头
野花开了又谢了

它被主人遗弃了
垃圾场也有吃的东西
一只猫
有吃的就不应该伤心

一只猫也没有资格想家

它被遗弃了
在夜深人静的晚上
它又越过院墙回来了

像无数次越过院墙
它蹲在门口的一块垫子上
它被遗弃了
门口的垫子还在那里

第三次
主人把它放在一个箱子里
不知送到了哪儿
这次它再没有回来

主人没有说出遗弃的理由
也没有杀死它
他把它放在一个箱子里
像个棺木。但没有埋掉它

# 徒　步

有一次
在山中
在谷底行走
我们沿着一条河流

两面山色如黛
好像没有边界
置身其中
我感受了它的辽阔、深邃
树木高大、葱绿、茂密
还有无限的生长空间
无边的绿意向远处、高处延展

小河潺潺流动
提醒你，还有时间
存在。你只是一种
必然中的偶然，像一粒尘埃
无意中落在河边

你会捧起一些亮晶晶的水
随即又放它们

回到水中

就像从母亲怀里

抱走孩子，逗弄一会儿

又还给他的母亲

水绵软、温润

像婴儿肥嘟嘟的脸

我们深知

离开一条河流

一滴水会枯死


水面有树叶

随波逐流

我们却在逆水行走

在通往更高的去处

好像离蓝天更近了，远处

白云掩映

峰回路转

似有人家

在半山腰

安顿着一缕炊烟

那天，我们徒步走了四十二里

我把一生的疑问和答案

都留在了

那条长长的峡谷中

# 计划之外

我生病在我的计划之外
我的眼疾在我的计划之外

我种的花开了三朵
在我的计划之外
如果开一朵
也在我的计划之外

我计划在长长的跑道上
跑上三英里，边听音乐边跑的那种
结果只孤独地跑了一英里就得折返
在我的计划之外

我的诗有一首发表
在我的计划之外
有一百五十首不能发表
在我的计划之外

三分钟之内爱上一个人
在我的计划之外
用一生时间也忘不了一个人

在我的计划之外

住 1 号病房和 1 号病床
在我的计划之外
如果是 5 号病床
也在我的计划之外

中秋节要一个人
度过，在医院，在我的计划之外

我像一片叶子
什么时候落下
怎么落下
落在哪里
要看风的意思

# 云泽湖

它们聚在一起
像一块洁白的玉石
黑色的眼睛，像缀在其中的斑点
不，并不是这样
因为它们在动
看上去像无法说明的事物
眼睛那么小
那么黑
那么不经意
像无中生出的有

有时它们一个跟着一个
形成一条银链子
像要把经过的时间
牢牢拴住再细细打磨

我坐在船上
它们一定也看见了我
哗地散开
它们习惯了在自己的世界
不被打搅

远远地

我看见有两条

首尾相连着

环成一个镯子

仿佛一伸手

就能戴在情人手上


天空将自己的颜色和形状一同投在水上

鱼像游在天上

这时，山和树也倒映在水中

我们说

山让我们止步

树教我们如何向上生长

天空代表了自由意志

按照天的意思

应该以水面为界

鱼可以自由生活在水中

人可以在船上自由行走


水是愿意流向低处的事物

因此它容得下天地

此时，我也被它静静地抱在怀中

成了寂静的一部分

没有一点杂质

坐在船上

看着这些白色的小鱼

没有鳞片

它们就这样赤裸裸地将自己交给了这片水域

## 寂静的山谷

去看一条小河，也是去
看一棵枣树
和一棵核桃树
去看一条山谷，就像
看望一个老朋友
一个谦逊的人
站在山谷
他望着山上的树木
和天空的飞鸟，以及那些
想要看见
又看不见的
小河带走它想带走的一切，黄叶子
和枯树枝
在水上漂着
鸟鸣声总是传得很远
又返回我们的耳朵
寂静的声音在树枝间回荡。我喜欢
静静地和朋友待着
去年的白云，又飘过来了

# 鸦　巢

它们衔来树枝
筑巢。在白杨树上
有时是槐树上

风儿轻轻
也有猛烈摇晃的时候
鸦巢依然稳稳地安在树上

它们先是衔来粗粗的树枝
然后是细枝条
也有泥巴

窝垒起来了
也要搭上顶子
也要安上窗

阳光照在窝顶上
细细的光影打在幼雏身上
窝壁很光滑

但里面铺了绒毛

但里面下雨也不会淋着

老鸦正在给雏儿喂食

# 扑克牌

我们将时间
裁剪下来
制成一小片一小片的扑克牌

我的对面
坐着隐匿在时间中的另一个我

有父亲的一张是大王
只留下母亲，母亲
正在喂鸡的是小王

我们还在裁剪
童年的一张是红桃 A

坐在教室里的是方片 10
有时是红颜色
有时是黑颜色

我们把生活中的
艰难、不幸、快乐、忧伤
都裁下来

我的爱情缩在角落里
有点羞于见人
一会儿裁成梅花 3，一会儿
剪成梅花 4

我们还在制作
我的中年被咔嗒一声
剪下来了

最严肃的问题
故意用游戏的方式对待
我们的制作较为随意
我们坐下来
玩一玩
让困惑、不解、痛苦和悲伤
得以稀释，并让一个
战胜另一个

# 古老的巷子

我走进一条深深的巷子
但不黑
用汉字垒起来的墙壁
微微发着光亮

墙壁涂着淡雅的黄颜色
散发着淡淡的松香味
推开老大的门
里面有一个大大的花坛

老二的院里养着鸡和猪
老三的院里种着大片蔬菜
这是一条汉家巷子
大家都说着母语

一条巷子住着八户人家
大家只隔着一道矮墙
墙壁垒成独特的模样
记住它的样子就不会迷路

你肯定会说

古老的东西多没趣
可是一个小姑娘
一旦走进这条巷子，就不想出去

也不想
脱掉她的灰裙子，巷子里
刮着自然的微风
松果落在巷子口，松鼠去捡回来

# 一只空空的贝壳

有人问我
为什么你的诗这样细碎、轻微
没有深翻的浪花
也没有吞掉浪花的气息

我说那是因为
我的经历以及我经历后
放下了什么
又捡起来什么

我只是一个人坐在岸边
轻轻喘息。看着沙滩上
一只空空的贝壳
而身后的巨轮来来回回

偶尔回头
也会看向海的尽头，但很快
我就会低下头，弯腰
捡起贝壳，并把沾在上面的沙子拍掉

# 柿子树

已经是冬天
柿子树上的柿子没有人摘
也没有自己掉在地上

旷野里有一棵柿子树，挂满了柿子
不远处有苹果树
梨子树、枣子树
还有槐树和杨树
它们的果实和叶子都已落尽

雪地里有一棵柿子树
它显得很特别
与众不同
像田纳西州的"坛子"
又像神故意安放在山的拐角处的灯笼

# 孤独的事物

他在楼道里干活，用扳手
拧开管道，一条长长的管子
接到卫生间的自来水管
头顶上的探照灯
照亮黑黢黢的楼道。暖气管道
已经好长时间
没有清洗，长着厚厚的铁锈
像一个人陷入深深的孤独
他用扳手唰唰敲一下管子
像是要唤醒孤独中的人
清澈的水流进来
冲刷着管壁、弯道和管与管的连接处
一个与孤独抗衡的人
又是一个在沉默中干活的人
废水哗哗流出了暖气管
他长长舒一口气
把拆开的管道重新连接

# 一些记忆

院子里的一摊铁锈

从暖气管里排出来的废物

被雨水冲刷

弥漫了整个小院

在一个寂静的下午

站在窗前

我曾长久凝视

思考过它们

我知道，作为一种存在

终将被时间的橡皮擦

一点一点擦去

但有些事物

会长久留在记忆里

# 绝望者的赞歌

一棵树被折断了枝子
是哪一个人
无意中，或者是有意的
它的绿色的枝条被折断了

被生生折断的瞬间
它一定也很疼吧
它会流出树液
就像一个人流出鲜红的血

有人在乎它疼吗
没有人知道
它在流泪的瞬间
伤口在慢慢结疤

它绝望过吗
也没有人知道
而在疤痕的旁边
又有新的枝条抽出

# 蛐　蛐

蛐蛐总是用一根手指弹琴
弹出的声音
单调
而忧伤
寂静的夜晚
它一下一下弹在我心上

# 等　待

我们站在高高的塔楼上

四周茫茫一片

没有下雪的田野

破败而又凄凉

风还在刮，一定还有它

没有带走的东西

我们在等待一场大雪，希望世界

变得有所不同

# 节日下午的公园

水鸟在芦苇荡里
鸟鸣声顺着一株芦苇传上来
它们是隐匿在时间中的修士

一群孩子围着池塘奔跑、嬉戏
蝴蝶在花朵上停一下
又落到别处

有人在唱和弹奏
他们老了
只是唱和弹给自己

水鸟、孩子、老人
他们各自活在自己的时间之中
又会聚于这个下午的公园里

# 秋天的一些事物

院子里有一块菜地
菜叶稀疏
在那里
蛐蛐的叫声短促而悲凉
像一条不息的河流
整晚上不会停歇

外面是道路
汽车驶过
发动机的轰鸣声盖住了人的脚步

远处树上的斑鸠
你看不见它
却知道它在鸣叫
那声音
穿过秋天
穿过树枝

# 太阳还没有落山

前面有一群人在阴凉处攀谈
我不去打搅他们
一个人走到太阳底下
让太阳照着我的脊背
一天很累
我需要接受一点太阳的能量
也需要一会儿单独的时间
感受一下自己的存在
或者干脆把自己忘掉
出一出汗
让思想行走得再远一点

# 秋天下午的操场

太阳渐渐落下去了

晒热的脊背被风吹凉

杨树叶子，簌簌

在地上滚动

我竟升起了一丝悲秋之心

人是多么孤独

而忧伤

偌大的操场只有我

一个人

枯干的叶子被吹到操场边上

# 院子里的樱桃树

院子里樱桃树上的果子
还没长几天，就红了

孩子们踮起脚摘下一些
用棍子敲下一些

剩下的麻雀吃一些
燕子吃一些

多好呀，红红的樱桃从绿叶间
露出半个脸，却没有一个成人过去摘

# 走散的树

一棵杨树，应该和一棵柳树
紧紧挨着
一个向上，一个低垂着头

写两棵树
就是要写出它们的性别

命运是一场大风
它们走散了

你看到的，永远是杨树在向天发问
柳树受风的摆布

## 麻雀在地上啄食

麻雀在地上啄食
脑袋像流线型的波纹
我想喂它点什么
它却扑棱棱地飞走了
不知道是远处的脚步声惊动了它，还是
我打开窗户的声音太大

我看见它飞到一棵柿子树上
树枝晃动了一下
就不见了

# 一只鸽子从我的梦里飞出

远远地，广场上有一只鸽子
踱着步
像一个优雅的绅士
又像一个灰袍子的僧侣
朝着一片开阔地走去

慢慢走着
头一伸一伸地
画出好看的弧线
像一个美的大使
迎接第一缕朝阳

它起得这么早
太阳还没有升起
还没有露出金色的脸
一条隐秘的光线打到它的背上
接着是无数条

低下头
从一条缝隙里寻找着什么
它的喙是深褐色的
羽毛是灰白色的

# 碗

温热的水

冲刷她的手指

和一只碗

碗在她的手里轻轻转动

好看的形状、色彩

都符合一个主妇的心意

家里静静的

洗干净的碗，再次

盛满热气腾腾的饭菜，一家人

围坐着吃饭。偶尔

也会将一只碗

当作一件乐器，发出的生活之音

传遍一个屋子

她抬起头，看着窗外

就像在土地上劳作的人，偶尔抬头

仰望着蓝天

# 从雨中找到了一片宁静

雨静静地下着
一个抵触下雨的人
竟从雨中找到了一片宁静
像是我正在缝一床被子
还没有缝完

细细倾听
又像是谁在诉说
有时也会泣不成声
停下来时又像谁拍着她的肩膀

当你不再回避
你就走进雨中
像穿过一个黑黢黢的山洞
不是你脱下了雨衣
而是一场雨替换了你的骨头

你顺从了一场雨
又在一场雨中
站直了身子

## 无声的叹息

一个人已经退到墙角
为什么坏运气
还追着他不放

难道他没有权利
贴着墙根，站起来
向远处眺望一会儿

夜深了
希望像一个大气球
他小心地抱在怀里

他抱得那么紧
连上帝也应该感动了吧
可它还是破了

他以为退到墙角
就可以安心睡一会儿，可是
因为抱得太紧，它破了

# 在黄石公园偶遇一头野牛

它在晨光中吃草
像一个弯腰的老人
因为咀嚼
它的胡子在下巴上飘动

它的背弓着
阳光打在它的背上
勾勒出一个轮廓
好像不这样
一件事物就还没有完成

它的身上冒着热气
在光的外面包裹了一层雾气
一件事物增加了它的外延
使内涵也变得丰富起来

我们站在远处
细细观看
并接受它的启示

# 无　题

只有退到旷野中

一株枣树

旁边。它还没有长出叶子

我甚至

把自己也留下了

退到一棵光秃秃的枣树旁边

远处也有迎春花和百合

但只有站在枣树旁边

我才觉得

自己已经在自己之外了

遒劲的

苍老的枣树

还没有长出叶子

它比其他的

跨入春天要慢一些

# 闪电中的树

树枝在风中摇摆得厉害

风太大

它有反抗的权利吗？没有

祈祷也没有用

快被折断了

谁会来救救树？没有

天黑沉沉

只有树挺直的一瞬间

天空明亮了一下

接着是

隆隆的雷声

# 一个人走在路上

一个人在走路
他是大地上
一个意象。他拉着板车
牵着藏獒在走路
走在一张苍茫的白纸上

他在解释
为什么此处称为道路
或者土地

为什么他像一支笔
边走边写下永恒的文字

# 废弃的高尔夫球场

废弃的高尔夫球场
像刚刚死去不久的人
轮廓还是应有的样子
植入的草皮
有的已经枯死，星星点点
好像皮肤开始溃烂
好像真的再也救不活了

塔松本来是忠实的卫兵
却经不住藤类植物的死死纠缠

枣树是真正的入殓师
准备在多年后
捡起散乱的骨头
无论多么干旱
它好像不会死去

在这片土地上
还有槐树、柳树和杏树
在这个人工草场之前
就在。一直在。仿佛它们
才是有限之后的无限

# 我的背后是黄河

我的背后是黄河
它把焦距拉近
又拉远
我的背后只有黄白两种颜色
没有别的颜色
其实只有颜色
没有别的
像一张大大的无字的纸

是从具体中抽出来的一种
当它独立存在时
你会联想到无限
却不能凭借它还原

只能借着回忆
在一张照片中
你向内挖掘、搜寻
试图发现什么

# 赶牛车的人

牛走得很慢
赶牛车的人
坐在牛车的横梁上
轻轻甩着牛鞭
鞭梢落在牛身上
微风吹来
把牛粪的味道
吹进人的鼻孔

# 爬树先生

一棵茶树
他攀住高处的枝子
脚踩在下面一个枝杈上

不远处
还是茶树
浓密的绿意向远处
慢慢扩展
接近于一种声音
像农家的鹅

此时，镜头跟着爬树先生
他的裤子被挂了一下
他从树上下来了

# 第一次听着鸟鸣声醒来

被鸟儿唤醒
什么时候有这样细声细气的鸟儿
住在窗前
眼皮有一点点沉重
心有一丝颤动

在韩润梅的一生中
发生了以上重要的事情
然后，世界归于沉寂

辑 二

# 深冬的傍晚

# 洗衣服

太阳升起来了

河面上的冰也解冻了

我和妈妈去洗衣服

如果今天没有太阳

河面上结着一层薄冰

我们也要敲开一个窟窿

快过年了，要洗的衣服很多

我们开始洗衣服

白衣服在上游洗

妈妈在下游

我们不断地用手揉搓

用棍棒捶打

泡沫

和脏东西，被流水带走

河面上的碎冰以及

一年的疲倦

也被带走

我们站起来，伸伸腰

准备回家

河水又恢复哗啦哗啦的平静

和洁净

迎接新的一年

# 磨　面

磨面前

母亲会将麦子淘洗三遍

第一遍洗掉麦子上的浮尘

然后用力搓洗

并拣出麦子里的沙粒

使麦子进一步澄明、洁净

第三遍，让麦子更多地吸入水分

更接近原初的样子

麦子洗好了，开始磨面

老旧的机器咣当咣当

像一列开不快的火车

传送带在那里转圈，发热

你要一遍一遍浇凉水

以使它不会烧焦，不会断裂

麦子被反复揉搓，碾磨

变成了雪白的面粉

# 摘棉花

我们摘棉花
妈妈在最前面
姐姐跟在妈妈身后
我落在最后面

天就要凉了
我们要把温暖的棉花摘回家
大雁在头顶上盘旋
妈妈像一只领头雁
我们排成一列
像一个小写的 1 字

我们是一家人
天凉了
我们要把温暖领回家，我们
把一朵一朵的棉花
摘下来
装进围兜
最后再装进麻袋
带回家

每次都是

妈妈带回的温暖最多

我带回的最少

我像一只低飞的小雁

紧紧跟着她们

# 剥玉米

我们剥玉米
一家人围着笸箩
剥玉米

天气已经很冷
窗玻璃上结出好看的冰凌
灶台上，茶壶嘶嘶冒着热气

玉米像珠子一样掉落
太阳照在冰凌上
不久就会融化

又一天是这样的
金黄的玉米滚落
屋外雪花飘飘

# 旧毛衣

妈妈在拆一件旧毛衣
毛线绳在手里缠绕
缠成一个线团
一件固有的事物被肢解、拆散
像从来没有存在过

一件陈旧
变形的毛衣，有一个小破洞
像僵化的思想
红线绳缠成一团，绿线绳
缠成另一团
黑色的线团像深入到思想的最深处

灯光下，妈妈会将毛线
编织成一件新毛衣
她的发丝
在灯光下，投下凌乱的影子

一个新事物
在辛劳中诞生
它变得新鲜而轻盈

微微发着光亮

只有在回忆往事时

旧的毛衣

才会被再次提及

它曾给人以温暖

## 深冬的傍晚

母亲会将废旧的水泥袋
收集起来，捋平
再将它们
一层一层粘贴好
做成一个帘子

天气转凉
要给一个女人
柔弱的肩上
再加些重量

母亲的手已经开裂
鲜红的血
滴在洋灰纸上

纸帘子做好了
她要将它
挂在窗户外面
再用砖压实底部
在深冬的傍晚

血汁已经干涸
变成沉重的褐色

第二天
敲击了一夜窗户的风雪
停下来，积雪
沉沉压在帘子的底部
覆盖了窗台

# 光 芒

又是一个黄昏
在挂了一盏灯泡的庭院里
围坐在一张桌子旁
我们在吃一盘烤土豆和稀饭

天越来越暗
灯泡发出的光
只比萤火虫亮一点点
但它因此而骄傲

我们好像对生活充满把握
好像时间永远不会流逝
我们为拥有一盘土豆
而心满意足

月亮就在高高的树丫上
我们偶尔也会抬头望望它。屋后
水塘里的水，发出淡淡的腐败的味道
低着头，我们也会被水流动的声音吸引

# 福斯特

我坐在海边的弯道上

加拿大鹅成群结队

从身边走过

用粗壮的声音宣布自己来过

我的腿在离水一米高的地方垂着

远处有一条马路

小火车咣当咣当

载着两个世纪的历史驶过

今天没有什么事要做

我只是来这里坐坐

太阳已经升起

照着看不见的地平线

海水正往那里涌去

我喜欢福斯特

这里矮矮的房子

和门前蓝色的大海

可以泊着我的船

和家乡一样

# 妈妈在洗一只空瓶子

雨耐心地下着，妈妈
在厨房里，洗一只空瓶子
我被静静的声音包围着，翻开一页书
又合上，好像声音也
有它自身的重量
我的心有一点点沉重
也有一点点忧伤
雨声将我的思绪往远处带
让我放不下远方的人
妈妈往瓶子里灌水
让雨声
稍微轻了一些

# 晚饭之后

孩子们都要到院子里玩一玩
我的女儿也在其中
他们肆意地追逐、嬉戏、打闹
银杏树在路灯下站着
叶子泛着青翠柔和的亮光
远处楼上有人在弹着一支钢琴曲
像夜风一样清凉
我们什么也不做
只是看着自己的孩子玩耍
已经很好

# 下午，陪妈妈到东寺外

阳光照在东寺的后墙上
我和妈妈要到楼下走一走
我们在钟声的背面
享受下午的静谧
妈妈的脸，像紫葡萄
泛着神的光芒

# 佯 装

小时候

在臭椿树下玩耍

有一种虫子

寄生在臭椿树上

我们把它捉住

放在手心里

它就装死

四脚朝天地躺倒

硬硬的壳包裹着身体

我们经常把它放在地上

再捉进手心里

虽然小，但我们

已经知道它在佯装

欺骗

它却不知道我们在一遍一遍地捉弄它

看它一会儿死去

一会儿再复活

快速地逃离

一只丑陋的小虫子

一粒小土块

我们捉住它

仅仅因为好玩

逼迫它和我们"做游戏"

玩弄于股掌之间

现在想来

它当时该有多么慌乱

和无助

# 猜字谜

她还会写字

只是握笔不稳

有一个歪斜的字

像是"起"

我猜对了

她咧开没牙的嘴，无声地

笑了一下

我把她抱起来

靠着被子

她能平视我了

我又猜对一个字

"在"

当我要告别时

她不停地写一个字

"在""在""在"

其他的字歪歪扭扭

只有"在"字像书法

我的姑妈，她是多么想

拼尽全力，将前来

看望她的亲人

挽留住

我的姑妈，我抱着她哭
可是有什么用呢
她已经萎缩
像十岁孩子那么小
像婴儿
躺在床上
眼睛骨碌碌转
以此证明
自己还在活着

# 侄 儿

已经是另一个阶段，已经会
嗯。在妈妈的怀里
问他话时，对了
就会嗯一声
走路很稳了
不再跌跌撞撞
会说不
学会了拒绝
已经 14 个月大了
上次还能从他妈妈怀里
把他抱走。轻轻松松，一脸
无畏。快乐，顽皮
可这次，一到陌生环境
他就哭，因为害怕
而拒绝。将来
再想要培养如此的无畏
恐怕不那么容易了

# 妈　妈

从四岁起，我就知道自己
将来要做一个女人
女人的含义很广
我好像只愿意做妈妈
干巴巴的黄土
浇上水
像妈妈和一个面团
一碗面条
一盘饺子
都做好了
而在这期间
已经去看过三次熟睡的孩子
我将沾满泥巴的手掌擦干净
将他蹬掉的被子
又重新盖好
我哼着催眠曲
哄他入睡
忙碌的身影到我生下
我真正的孩子，他会哇哇哭
真的踢掉小被子
我已经做妈妈二十年

很熟练地抱起他

给他喂奶

哄他入睡

# 奶奶的黑屋子

9 岁时，路过奶奶留下的黑屋子
我会紧走几步，仿佛这样
就能将恐惧留在黑暗里

仿佛这样
带走的就只是几声"咚咚咚"的心跳
死亡是什么呢？我并不知道

但只要想着身后的黑屋子，那里面
再不需要灯光，我就觉得死亡
真的是一件可怕的事情

# 雨下了一夜

雨下了一夜
大地上的一切在和雨交谈
直到清晨才结束谈话

我一晚上做梦
梦见奶奶用瓮接雨
所有的器皿都放到房檐下

庄稼、树木
和泥土，充分吸收雨的意见
使自己的思想变得饱满

雨爱它们
不厌其烦地说着话
并深入深深的泥土

我们信任大自然，心平气和
活着接雨水，吃干净的粮食
死了埋进深爱的泥土

# 一只鸽子

我想你的时候
一只鸽子
落在窗台上
它先是朝着我
看着
然后掉转身子
孤独地站在窗台边上
我的心
有一只鸽子的疼痛
和忧伤
一只鸽子，灰色的羽毛
紧紧贴着身子

# 麦秸垛

阿卡在前面跑
我在后面
穿过一条街道
我们先从饲养员的房子里
偷偷吃一把黑豆
和豆饼（饲养员正在喂马
马的鬃毛蹭着马槽）
穿过饲养院
到后面的场院，那里
晾晒着刚刚收割的庄稼
一辆马车进来了
高高的庄稼垛压弯马车
马儿正在用力
麻子静静立在墙根下
阴影里，阿卡喜欢咀嚼麻子
我喜欢嫩玉米秆，像
甘蔗。我们
总是很饿
要先吃饱，才会躺到麦秸垛上
用手捂住眼睛时
我从指缝里看着蓝蓝的天

# 果 园

果园在村子的边上
像一座世外桃源，亮子叔叔
就住在里面
他每天打理果树
在果园外扎上密密的篱笆
我只是从篱笆的缝隙里张望
苹果花是白色的
梨花更白一些
我也想走进去看一看
一个孩子
也有接近美好事物的心
从春天到秋天，果园里
一直散发着诱人香气
只有冬天，大雪才会覆盖住果园

# 割草

## ——致堂姐

我还记得一片青草
我们没有割倒它时的样子
我还记得玉米田里
你后背上斑驳的影子

我们割草
你割满你的，就会割两把
装进我的筐子
如果还不满，就再割两把
装满。我记得

一个个下午
从放学走到天黑，暗影里
微微发光的事物
随着时间的流逝，也没有暗淡。四姐
此时你一定在另一块田野
播种一大片一大片的玉米田

# 除　夕

我们把院子打扫干净
把最后的落叶
和石板路上的尘土
扫进明年要种的菜地

高高的椿树
树枝干净得叫人心慌
不过因为是除夕
就觉得鸟儿应该也是高兴的吧

我还小
还不知道烦心的事
妈妈把棉袄袖子
一遍一遍刷干净

只要新对联
把每个门口都装点成红红的
新的希望就被点燃了
像那块开春就要开垦的菜地

# 黄昏，我骑着一匹马

黄昏我骑一匹马
出发，我打马到海边
要去看看大海
黄昏是一个好时辰
我要到海边
看望一位友人
我的朋友生病了
我要把我的马送给他

# 在海边

我们并排走在海边
海浪拍击着海岸
我们并排走着
并没有什么特殊的话要说
我们各自想着各自的一些心事
海浪重复着单调的声音
冲一下
就会又退到原地

# 时 光

你来看我

雨点打在雨伞上

你走在湿湿的土地上

我从窗子里

看着外面，悬铃木

结出红红的果子

更远处是一排棕榈树

你把伞立在门口

雨水顺着伞面

滴在地上。我们

展开书的第二十九页，讨论一个问题

有时静静坐着

看着

什么也不说

你用嘴吹动茶水

叶子在水里翻飞

我喜欢咖啡

汤匙在咖啡里搅拌

产生一圈一圈的泡沫。下一次

是我去看你

黄昏的光线打在我们身上

# 泅　渡

还要在这条街上，频繁
往返一段时间。街道
依然那么狭窄、拥挤
我每天都被淹没

一星期四天
陪妈妈吃饭睡觉
我在做人生的必修课
像一个虔诚的教徒

只管俯伏下来
我能偿还完妈妈给我的吗
古老的街道上
有人趿拉着鞋子走路，很慢

他们还活在旧时光里
妈妈就是在这条街上老去的吧
老到有一点点苦涩
她不断地发牢骚

喜欢在黑暗中仰望光明

我能做她的太阳吗

那个曾经给我养分的人

正在一点点枯萎

# 因为爱着

师父在前面走，我的师妹
就会用手机拍一个小视频
鸽子在天空中盘旋
又向远方飞去
我听到师父在我的手机里说话
慢慢地向前走着
走在熟悉的街道上
向熟识的人颔首、问好

师妹每天都会把小视频发给我
有时也发到朋友圈
因为爱着亲人
我们也爱着眼前事物
和生活
并将之传递出去

# 怀　念

我总是被那些

隐晦又迷人的事物

吸引。反复读那些看不懂的诗句

那背后必有深意

我觉得窗前树上的鸟儿

在对我诉说着什么

好像是因为

我老也听不明白

它只好在那里反复说着同一句话

那天风很大

大地上乱纷纷

夜晚过后

覆盖了一层厚厚的雪

阳光照着

刺眼又迷人

连那上面的脚印

都让人觉得想要琢磨一下

# 如果让我选择

我是年轻的妇人
在山里居住
我的男人出去干活了
我在家等他
在他回来之前
我擦上天然的香粉
梳和昨天不一样的发型

我在家等他
火上熬着汤
我们只臣服和信赖大自然
在它的怀抱里
我愿意永远不老

春天了
我撒下种子
太阳升起时
我会浇灌我种的青菜
所有的花草也要浇一遍
停下来
细数它们的叶片

让时间慢慢消磨自己

我看着

院子里的一切，静静地

相互摩擦，又互相和解


夏天是繁华的、盛大的

天地拉开序幕后

即将上演正剧

所有的植物穿上最艳丽的服装

下雨了

雨点敲击着石头

我显得有点落寞

也有点担心

我男人采回一束花安慰我

雨珠滴在桌上


秋天的黄昏

我在柴门外等我男人

我爱他

阳光照在他的背上

拉长了他的影子

他背着一背柴火，往家赶


最喜欢冬天

我们储备了足够的粮食和蔬菜

挖了地窖

也有自己酿的酒和醋

什么都准备好了

我们围着小火炉

火上煮着茶

有时是温着酒

日子一天天过去

# 提灯的人

有一个人
在我前面提着灯
他要去哪里

他提着灯
灯微微发着光
借着灯光我大步向前走

我感觉不到灯的温暖
他不是为我打开的灯
他是为他自己或者他心爱的人吧

我借着灯光大步向前
我们都在借着别人不是为我们点亮的灯光
我感觉到了一丝丝温暖

夜茫茫
我什么也看不见
有人在前面打亮了一盏灯

我觉得那灯是为我打开的

像是我的领路人
他在前面提着一盏灯

已经走了很长时间
那人也已经拐到另一条路上
那盏灯还在我前面亮着

# 果　子

果树上有一颗最红的果子
它在树的最顶端
比别的果子都大
有鲜艳的红色

微微地泛着神圣的光芒
其他的果子都在它的下面
只要踮着脚
就够得着

我很容易就能得到的
长在树底部的果子
不是我想要的
我将借来梯子

也许踩着梯子
也摘不到那颗果子
我想要的红红的果子
它一直在我心里红红地挂在树梢

# 七夕，葡萄藤下

我也曾好奇
想要谛听天地的秘密

风吹动叶子，沙沙声
像两个人
窃窃私语

弯曲的藤蔓下
小小的心脏怦怦跳
仿佛一颗颗星星
都被我摘下来了

# 最好的雨

最好的雨，并不是
哗哗下着，瓢泼一样
不一会儿就停下
太阳出来了，地面上
热气蒸腾，万物生长
没有一点让人操心的事

最好的雨也不在秋天
天阴沉沉的
好像谁欠了它的钱
或者谁家的怨妇
一清早就开始发牢骚
整天都在哭泣
地面上，流不完的眼泪
让人烦躁，想躲开

春雨最好
羞答答
被风催促着，才肯上路
那么好性子，飘飘洒洒，落下来
也没有声音，令万物

萌动，春心荡漾

只是下着

让人有点心疼

# 我们都是会抬头仰望的那个人

那么远
我到不了那儿

其实我们也不必认识，我只是
经常关注你
把报纸剪下来
粘在一本笔记本里
春风在山谷里浩荡
但我并不专门等它
我常常读你那些埋雪的文字
我只是轻轻翻动
又默默合上

其实
你也不必真的存在
我只是想
如果有那么一个人
在星光皎洁的夜晚
我们同时抬起头仰望

# 斗室铭

我的兄弟
他们来自山东和山西
来自山东的要翻过一座山头
来自山西的要跨过一条河

我亲爱的兄弟
他们来自遥远的地方
说走得太匆忙只带着一颗心
他们没有嫌我的饭菜不可口

我没有好茶招待
也没有漂亮的居所
有一所房子
里面藏着一颗心

一间陋室
很小。我没有别的东西
可以招待他们
只有一颗心

我的智慧的兄弟

他们一定懂得人世间最珍贵的是什么

能把心和心连起来

也能把心与心叠放在一起

# 堂　妹

我的堂妹叫福梅

沿着名字的寓意

长成一个胖墩墩的姑娘

她长得很胖

一个小伙爱上了她

可能是她名字带来了好福气

她跟着他走了

四十岁时

幸运又一次降临

她有了一个孩子

小女孩搂着她的脖子

机灵又可爱

如今，一场大病

夺走了她的丈夫和她的财富

她一贫如洗

抱着她的小女儿

坐在空荡荡的房间里

只有这个女孩和她的名字陪着她

# 岛上的橡树

我们在水围起来的地方
种上了一棵橡树
当橡树长出叶子时
我们在上面写上了我们的名字

在一个叫岛的地方
橡树渐渐长大
我们用别人用过的方法
想经历一种人类共有的幸福

新开辟的岛上
还是一片荒凉
我们在上面认真栽下了一棵橡树
橡树渐渐长大

# 我还会爱

天气转凉
但草依然茂盛
我的心也没有悲凉
我还很小
爱着眼前的一切

在傍晚之前
我要给兔子拔够第二天要吃的青草
火车从远处驶来
要贴着我的村庄过去
在它的来和走之间
我停下手里要干的活
有时手里正握着一把青草
远远地挥手

莫名的激动和感动
之后，我经历过无数这样的时刻
都像是在火车来和走之间
都是在一瞬
也许是别人好意为之
也许别人并没有在意

但我感动了

如今，我手里的青草已经枯萎

但当火车再次向我驶来

我还会被它恢宏的气势打动

还有想要挥挥手的冲动

# 一点念想

人活着
应该有一点念想。也许
那是煤油灯中的灯芯
点着它，才能燃烧
人才能活着

很晚了
我还在读诗
我就是凭一点念想活着
它像一根拐杖
有时像一个人宽大的手掌

接我过河吧
我的念想像一艘船

# 真正的哭泣

一个人没有经历过真正的悲伤
就不会真正地哭泣

真正地哭泣
没有声音，也不用流泪

真正的哭泣是蓝的
晶莹的

有时是黑色的
没有光的

它不是一种感觉
而是实践

也不是主观
而是客观地将悲伤呈现

真正的哭泣谁也看不见
只有自己知道

# 野刺玫

比人工种植的
阳光、直爽、朴素

它们满足于，每天
只和上山砍柴、种地的农夫
打个照面，偶尔有山里的婆娘
采一朵
或一束

它们开了
在山坡上、道路旁
它们在篱笆外，簇拥着。山里的
春天，真的来了

我们是山外来客
阳光照着
有点心热脸红
它们不

从不嫌日子慢的
野刺玫，开淡雅的黄色的花，花香

也淡。它们很从容
慢慢地
把整个山头覆盖了

# 雨中，人和牛

下雨了
人和牛都要避雨
一间破旧的小屋紧紧锁闭
只有窄窄的屋檐空着

人和牛都到了屋檐下
他们不说话
雨刷刷下着
就像有人在说着什么

小屋紧紧锁闭
仿佛一个空空的世界
锁在身后，并不向谁敞开
静静的。只有雨刷刷低语

人和牛不需要说话
只要她伸出手
花朵上的雨滴
就会触碰到它低下的头

# 豆　角

他说再旱一旱
正在扎根

把根扎得再稳点
长出两三根条，同时抓住支架

扎根的时候，只能自己使劲
往深了探

假如太早浇水
就会只长苗，不开花结果

至于什么时候才能浇水、施肥
只有长久种庄稼的人知道

# 骑单车的少年

野百合、玉米和炊烟，都在向后退
黄昏中，骑单车的少年

他在往天边赶
要去取一把钥匙

火车在每一个小站
都停下来小憩

火车上的人不知道
留在车后的少年

直到星星闪烁
也没有停下

# 埋　藏

为了获得来年的丰收
我将桔梗翻入地下
断茬是它应有的长度
黄叶子是应有的枯黄

雨水和露珠晶莹剔透
也是应有的模样
虫鸣声渐歇
它们累了

埋进地里的
不是消亡
我把照射了土地一整年的
阳光，也埋入地下

还有我挥洒了一年的汗水
和能量。土地深厚
我用尽一生的力气
也探不到底

还有许多用旧的东西

我也将它们埋藏

我只信赖土地

只有它，能够在明年不辜负我

# 补　偿

只要你愿意等

缺失的

时间会给你补偿

一个孩子

哇哇哭

在妈妈遗弃的摇篮里

拾荒老人

解开他的黑色棉袄

让孩子贴着他的温暖的黑皮肤

她不哭了

吮吸着小手

长大。你的生活

看上去和别人的一样

你把调好的饭菜

端到饭桌上

饭菜冒着热气

儿子在房间里读书

玩耍。又过了

多少年，你老了

搀扶着你走路的

也许是你的初恋

你们从黄昏开始

重新活了一次

# 竹篱笆

路沿上扎着篱笆
那是用心的人
找来竹子，再将它们
劈开。像招募的兵士
将它们编组
捆束成菱形
使其相互勾连
它们的任务——
挡住想要越界的人
却让雨水、风
和咯咯下蛋的母鸡
随便穿过

# 善待自己

善待自己
不是拼尽全力沏一杯香茶

家里只有一个人
你来回走
最好是走到厨房
把小葱切成细碎的小丁
油要烧到温热
你不停翻炒
把握住恰当的火候
不让孤独变成寂寞

出锅的是一盘苦瓜
和一盘红辣椒，生活
需要中和
就像尝一尝未出锅的菜肴
淡了加点盐
咸了兑点水

生活中多了烟火
就不觉得茶

那么寡淡，反而觉得一个人
孤独得刚刚好

# 幸　福

萝卜那么多
在一片宽阔的地里

那么多萝卜
拥挤在一起

它们喜欢相拥着
一起长大

在众多的萝卜中
我是最小的那一棵

但只要和它们在一起
相拥着生长

# 不容易

她的解说娴熟、粗糙、苍白
像她的脸
像她长长的假睫毛
我知道，她对兜售粗大香烛的热情
远胜于她的讲解
但我还是要请香烛、膜拜、捐钱
她守着尧庙
为寻根的人指了指那口井
那么不容易
一生守着盛放香烛箱的老僧
那么不容易
我走了几十年，才来到尧庙
那么不容易

# 心 房

给心建一座单独的房子吧
应该让它
在一个大房间里自由跳动
为什么要让它
蜷缩在两边的肋骨之间
我经常感觉到压迫
心隐隐地痛
医生说
你的心脏本没有病
但你的肝郁结了过多的火
肺又藏匿了太多的废气
它们都攻击你的心脏
原来的心房太小了
根本装不下这么多的思念
它很累
需要有一个单独的空间
它想在一个新的房子里
单独地
休息一下

# 怀抱柳

我们是来看一棵树的

有一年，战火覆盖了村庄
烧焦了一棵槐树
人们坐在黑漆漆的树墩上
发出无声的叹息

死去的人被埋进坟冢
坟旁插上悲伤的柳树枝
哀思需要活着的事物来寄托
一个坟头需要一棵树守着
亡灵才不会寂寞

一棵槐树死了
守在村口的槐树死了
同样死于战争，它的尸体
一部分化为灰烬
一部分深埋地下
也给它插上一根柳枝吧

像一种呼唤

槐树竟然在春风中醒了
也许坟旁的柳树
也是为了唤醒亡灵
才会守在坟旁

我抬头仰望着
一棵奇特的树
一半槐树
一半柳树
风吹着它的枝叶
沙沙声
像在讲一个悲伤的故事

# 我愿意再次回到一场雨中

## 烟雨飞云江

这里的雨像烟雾
在飞云江的上空悬着
好像比别处的落得慢
一些，轻一些

远远地
山置身于烟中
仿佛雾是更加具体的一件事物

我们租了一条船
置身于江中
我是北方人
有点担心
又有点兴奋
从一个人手中
接过来一枚好意的果子

天空是灰的

浸泡在雨中

## 在百丈漈遇雨

针尖一样的雨滴落下
落在手上、脸上
当你弯腰捡拾一些细微的事物
也会落在裸露的脖颈上
不打雨伞，你可以充分感受它的清凉

台阶上布满苔藓
但你不忍心踩它
你会找一个可以下脚的地方
石头的路面湿滑
也许你会不小心摔倒
但总会有人过来扶你一把

喜欢这逼仄的爱和幸福
一漈太过高远
三漈又太过宽阔平坦，显得平庸
而没有智慧
在一漈前
我们只拍了一张照片
我风寒的腿
到不了那里

穿越二漈的凹槽

我想到了猴子们的水帘洞

这是何等让人

神往并想长久住下去的地方呀

一条水帘子

挡住尘世的喧嚣

昼夜不停歇


## 雨后红枫古道之二


我蹲在枫叶旁

细细观看

这些爱美的长成花形的叶片


枫叶红红的，围着我

也在观看我

这个远道而来的、风尘仆仆的人


枫叶被悠远的气息浸润

散发着古老的芬芳

每年往返于枝头

和古道，它们看出我

面带倦容

还没有活成我自己

枫叶也往返于

绿和红之间

它们很从容，也很淡定

这是一个人生道场

来的人，都会带走几片落叶

辑 三

# 杏树下

# 习字本

父亲抽完一包烟
我会将香烟纸捋平，攒起来
装订成一个本子
让一件事物
变成另外一件

父亲用过的绳子，我会把它
收起来，拴住，上面晾上
母亲和我的湿衣服
让一件事物
发出另一件的光芒

我会坐在父亲的身旁，看着他
把一支烟点着，把秋日剩余的枯草
点着，那些火一点一点地燃烧
像我在那些纸上
一个一个，写下的字

我没想到，字也会燃烧
当我在一张白纸上写下父亲的名字
从晾衣绳上

取下父亲的最后一件衬衣

衣服还没有晾干

每个字眼里滴着墨水一样的水滴

# 打碗花

我将打碗花放到碗里
看看是否会使一只完好的碗
破碎，旁边
是正在翻地的父亲
他干活，偶尔也会抬头
看看我，不久
这里会长出蔬菜

站在开满打碗花的空地上
仿佛又看见父亲在弯腰翻地
无数次翻动重叠在一起
时间正沿着自己
往回走，时间深处的我
站在我对面
手里的碗还没有裂开

# 礼　物

从坟地回来
我只带了一棵青草
如果还想多带点什么
那就只能是一捧黄土
再没有什么可以带回了

但如果父亲活着
我会带走他无限的爱
牵挂和叮嘱

他做的饭菜也好吃
我也会带回一些

如今，父亲对我的爱
变得虚幻
也许就藏在草壳
但我怎么找也找不到

# 坟旁的柳树

父亲的坟旁长着一棵柳树
这是父亲伸出的手臂
我们来坟地看他
他想用手摸一摸我们的额头

父亲坟旁的柳树
是他的儿子
我的兄弟
栽下的

他想在睡着的父亲
旁边，做一个标记
父亲已不会说话
它替父亲喊出我们的名字

# 父亲在玉米田里居住

不知道父亲
会不会出来走动
我希望我到的时候
父亲正蹲在坟头上抽烟

玉米很高，远远地
挡住了视线
我们要把车速放慢，要留意
超出玉米十公分的树梢

也许是风的缘故
也许是父亲
向我们发出信号

我看见柳树
轻轻晃动了一下
到了
父亲正在等我们

# 倾　听

我们将黄纸展开
各式食物摆上去

坟旁的柳树已经长高
坟头上的草也在努力生长
它们没有悲伤
在哪里都是一样

麻雀儿刚才还在草上
如果我们不来
它们会飞起飞落
把这里当成家

以前我们和父亲是一家
现在是它们

当我们跪下来
将头俯伏在黄土上
我在倾听他们轻声的交谈

# 意　外

要不是从高高的梯子上
摔下来，此时，父亲应该
正在收拾房顶
本来可以请人
也可以由哥哥上去

房子已经老旧，总是漏雨
他要在雨和雨的间歇里
将房顶修好
父亲老了
他只相信自己
只记得从前的事

他要用瓦片，盖上
那个人间漏洞
他只记得，从前
自己是多么壮的一个小伙子
他爬上去
修好漏雨的屋顶

他从梯子上摔了下来

像人生的一次意外

他只记得从前

那些没有摔倒的日子

# 父亲的铁锹

他总是扛着一把铁锹

播种前
他会深翻土地
弯下去的腰
常常与土地平行

他用铁锹豁开一个口子
让水从水渠
流进麦地

有时，铁锹是一把镰刀
铲去野草
有时是斧子
铲掉树上的旁枝

父亲用铁锹填补过路上的坑洼
每天用铁锹挑回要烧的柴火

最后一次用铁锹
他帮自己
挖出了一个墓穴

# 翻　地

父亲在翻一块土地
他要在翻好的土地里
种上青菜和甜瓜

他翻地
脚踩着铁锹的边沿
用力踩下去
他的胳膊也在用力
身体弯下去
又挺起来

弯到
与地面平行
像在行虔诚的注目礼

他从不逾矩
也没有不满意
第五十次，翻动这块土地
他要种下甜瓜和青菜

# 杏树下

我们在杏树下坐着

杏儿将黄未黄

哥哥说

再过十来天，杏儿就能熟透

麦子也将开镰

它们都臣服于季节更替

让人不至于太过担心


阳光被树枝切割成碎片

再也不是完整的了


谈到父亲

哥哥停顿了一下

树枝也将光影往南移动了一点

也是在这棵杏树下

那时父亲还活着

我们听他讲

爷爷怎样栽下这棵杏树

父亲刚走不久

我们真的还不能

轻松谈到他

真的想

像候鸟一样回避冬天

然而，我们却无处躲藏

# 倒　退

大伯坐在旧沙发上
已经不认识我了
我说我是润梅
我大声地反复说我的名字
他像是想起了
又像是临时记住的
微笑着点点头
像孩子一样腼腆

姑妈坐在轮椅上
姑父出门时
就会用一条带子绑住
如果不这样
她就会栽倒在地上
身体萎缩，越长越小
不会说话了
记忆也渐渐消失
好像一个人也会倒着生长

倒退得最快的是我的父亲
他退出人间，一个人

孤寂地住在村外

我最后一次给他打扫房间

两盏莲花灯在土台子上

每年的中元节

我都会去看他

备好一年的吃、穿、花之用

烧给他

我在心里和他说话

他用灵魂接收这一切

我的父亲、伯父、姑妈，都用沉默

应答这个世界

# 劳 作

河水也没有断流
父亲也没有停止劳作

大型收割机在一块田野上
收割麦子，父亲
在房后的一块旱地上，担水浇菜
母亲用篮子
把新鲜的蔬菜提回家
像是提着一篮沉默的话语

# 种 蒜

父亲犁好地

再耙平

我和母亲拢出地垄

我们开始种蒜

春天的蒜开始枯萎

不怎么精神了

但摸得见

有硬硬的，新的小蒜

在里面酝酿

是该栽进地里的时候了

我们用手将一瓣一瓣的蒜

栽进土里

尽量抚平，摁实

有时风卷起一层细土

落在我们头上

也落在新栽的蒜上

阳光将仅有的一点潮湿

晒干，但不怕

只要在天黑前

把蒜种完

水渠里的水流进地里

流水像无声的爱

让泥土抱紧新栽的蒜瓣

一夜之间

蒜就开始扎根

向深深的泥土之间

# 麦芒举起的时光

父亲撒下麦种时
还是去年
在这之前，他先将沤好的肥
挑到地里，再深翻一遍泥土
浇透水，然后等待
用手指头摁一摁：不久就能播种了

麦苗像小小的针尖
嫩得毫无敌意
但还是有一些锋利
很快将秋天和冬天的裂缝缝合

它们用力举起雪
像打着一把保护伞
这时候，父亲帮不上什么忙了

等到芒种
麦子黄得晃眼睛
这时候，父亲开始磨镰
并祈求上苍
千万不要下雨呀

# 我妈妈把一碗饭送到父亲的遗像前

妈妈老了
眼睛看不清了
她还是慢慢
走到父亲的遗像前
把一碗饭
放到桌上
饭冒着热气

我妈妈的眼睛越来越模糊了
有时走路会绊一下
她还是要给父亲
放一碗热饭
筷子搁在碗上
好像父亲一伸手
就能端起碗吃饭

我妈妈眼睛就快看不见了
只能看见光的影子
她还是要去
给父亲放一碗饭
我说我去，她不让

"他爱吃我调的饭
把筷子搁在碗边上"

有一天
妈妈什么也看不见了
她也不怎么走动了
她说不走动，也能到达终点
什么也看不见了
可她能看见父亲
她把一碗饭放到父亲面前
这次她站了很久
说要看着父亲
把饭吃完

# 修　补

父亲在垒一堵墙

在两山之间

他给自己

划出了一片领地

就像在河流的最窄的地方

放一块石头

可以踩着它到对岸

也可以让水

继续它的流动

他垒起了一堵矮墙

不是破坏，而是

把大自然的缺憾补上


他搬来砖头

和石块，和上泥巴

他在底层用上石块

再一层一层

码好砖头

他把泥巴灌进缝隙

再用铲子

将溢出的泥浆刮掉

用铲柄反复捶打，夯实

他走着回家
牛跟在身后
他们都很慢
走上山坡，到家了
房檐下
放着水桶
是他储存的雨水
他说，人活着
就是修修补补

# 搬　迁

那天下午
我们把父亲的东西搬到车上
把一罐咸菜、玉米面、辣子、土豆
他的羊皮袄
他的烟锅、老花镜
和一双布鞋

他说把他的狗也牵上
还有喂狗的盆子
和拴狗的绳子

也别忘了
把那只老母鸡带上
还有三颗鸡蛋
母鸡到集市上卖掉
鸡蛋留给两岁的外孙

他让我们先上车
他要在院里再站一会儿
我想他在告别
我想他有不舍

我甚至怕他会反悔

他摸摸锁
看锁好了没有
又把狗窝和鸡笼扎紧
他把树叶
扫到墙脚
把扫帚放回库房

然后锁上院门
然后回到城里
然后我们和院子
暂时失去了联系

第二年春天
我们再把父亲送回乡下
他打开院门
把新捉的小鸡
圈进鸡笼
把老狗拴好
然后清扫院子
积了一冬的树叶和灰尘

他把库房打开
拿出犁具

和锄头

一场春雨后
他把种子撒进地里
而北风刮起时
我们会再把父亲接走

# 父亲的香烟

抽烟时
父亲会摸摸口袋
如果没有了
就会让我去买
芒果烟两毛钱
金钟烟三毛钱
他抽芒果烟的时候多一些
抽金钟烟的时候少一些

我会将空了的香烟盒
拆开，抒平，攒起来
我将它们锁进抽屉

日子像父亲手里的香烟
变短，再接上
最后都燃尽了

只留下那些香烟纸
像时间的剩余之物
父亲不在了
它们还好好的

芒果散发着香烟的味道
金钟也散发着

# 倦鸟归巢

它们朝着炊烟飞
黄昏
三三两两的鸟儿
比早晨飞得略慢

疲倦的鸟儿朝着村庄飞
屋檐下
叽叽喳喳
（它们像在说）
——饿了，饿了

我背着书包
朝着落日走
太阳快要落下去了
要落到村庄的后面去

倦鸟已经归巢
父亲也会从村庄后面
走回来。落下去的太阳
再次升起在天边

# 爸爸，又下雨了

爸爸，又下雨了
雨声这么急
像悲伤的回声

爸爸，又下雨了
我很想你，你一定很孤单
除了听雨点打在草叶上，你又能干些什么

爸爸，又下雨了
雨点一个接一个落到地面
只有它们能在天堂和人间往返

爸爸，又下雨了
为什么说入土为安
从那时起，我的心从来没有安稳过

# 如果我死了

希望埋在父亲的脚边
像所有的孝顺女儿
他爱抽烟
就让他抽吧
就给他装好烟锅儿
日子一天天过去
他的指甲长了
耐心地给他修剪
并打磨成圆形
每天都会给他洗脚
以弥补活着时的遗憾
埋在父亲的脚旁边
我仰视他
像仰视着一个了不起的人
活着时人们仰视他
也许现在人们早已忘记了
如果能埋在父亲的旁边
我就不反对死去
就觉得死
也是一件值得庆幸的事情

# 最后的小树

父亲一生栽了许多树

那天
他最后一次栽一棵小树
先是挖好树坑
把树苗放进去
埋好土
又往起提了提
好让树根伸展
再压实黄土
再浇上清水

微风吹来
小树点点头
他站在它的旁边
树苗只有膝盖那么高
他蹲下来看着它
好像有点担忧
又像是自责
仿佛一个年老的父亲
担心在有生之年
自己的孩子长不大

# 雪天，给父亲上坟

'

雪花落在我身上
也落在坟前的火焰里

已经下了一晚
地上积了厚厚的一层
扫开坟前的一小块
悲伤又重新裸露出来

雪还在下着
仿佛是想压弯我们的脊梁
我就势跪倒在坟前

雪下着
下在坟头上的
落进草里
下在火焰里的
变成泪滴
下在我头上的
使我白了头

图书在版编目（CIP）数据

雪只是让树枝弯曲 / 韩润梅著.-- 武汉：长江文艺出版社，2024.1
ISBN 978-7-5702-3272-7

Ⅰ.①雪… Ⅱ.①韩… Ⅲ.①诗集－中国－当代 Ⅳ.①I227

中国国家版本馆 CIP 数据核字（2023）第 139356 号

雪只是让树枝弯曲
XUE ZHI SHI RANG SHU ZHI WAN QU

责任编辑：谈 骁　　　　　　责任校对：毛季慧
封面设计：璞 闰　　　　　　责任印制：邱 莉　王光兴

出版： 长江出版传媒　长江文艺出版社

地址：武汉市雄楚大街 268 号　　邮编：430070
发行：长江文艺出版社
http://www.cjlap.com
印刷：湖北恒泰印务有限公司

开本：880 毫米×1230 毫米　　1/32　　印张：7.75
版次：2024 年 1 月第 1 版　　　　2024 年 1 月第 1 次印刷
行数：4460 行

定价：58.00 元